LA FRANCE DESOLÉE

PARLANT AV ROY

estant à la chasse, où elle luy represente la fin tragique du Marquis d'Ancre, & la vie du Cardinal Mazarin : Auec le moyen de mettre la France en paix.

DEDIEE A MONSIEVR le Prince de Condé.

✴ ✤ ✴

A PARIS,

Chez IACQVES LE GENTIL, ruë d'Escosse, à l'enseigne S. Ierôme, prés Saint Hilaire.

M. DC. LII.

A
SON ALTESSE
DE CONDÉ.

MONSEIGNEVR,

C'eſt auec raiſon que la France vous con-
ſacre ſes juſtes plaintes, eſtant celuy qui auez
pitié d'elle dans ſon deſaſtre, & la planche
qui la deuez ſauuer du naufrage. Oüy,
MONSEIGNEVR, elle a les yeux
arreſtez ſur voſtre Perſonne, pour en obſeruer
la contenance pendant qu'elle a les mains
éleuées au Ciel, & les vœux en la bouche
pour en obtenir la proſperité.

Ce n'eſt pas auſſi ſans raiſon que l'Au-
theur vous ſacrifie ſes travaux & ſes veilles,
ſçachant bien que vous faites eſtat des Muſes,

& que vous reſſemblez ces anciens Romains
qui eſtoient auſſi grands Orateurs que grands
Capitaines, & auſſi vaillans de la plume que
de l'eſpée. MONSEIGNEVR je n'en
diray pas dauantage, toute la France ne pou-
uant preſque rien contribuer à voſtre loüan-
ge, puis que toute l'Europe vous reconnoiſt
pour ſon plus illuſtre & plus fameux Capi-
taine. Agréez ſeulement la proteſtation
que je vous fais d'eſtre à jamais,

MONSEIGNEVR,

De Voſtre Alteſſe

Le tres-humble, tres-obeïſſant
& tres fidele ſeruiteur, R. G.

LA FRANCE DESOLEE
AV ROY.

Où est repreſentée la fin tragique du Marquis d'Ancre,
& la vie du Cardinal Mazarin.

Epuis que le Soleil, ſans ſe noyer en l'onde,
Cacha ſon beau viſage à tous les yeux du
    monde,
Le Roy, ce beau flambeau, s'eclypſa de la Cour,
Pour faire dans le Bois quelque petit ſejour;
Et las de tant roder le riuage du Loire,
D'vne chaſſe plaiſante accompagna l'hiſtoire.
L'Aurore donc parut, & ſes foibles rayons
A peine blanchiſſoient encor le haut des mons,
Qu'on vid ſortir des murs vne gaillarde troupe
Fournie de jambons, de flaccons & de coupe:
Toute la Meute ſuit, les Valets, les Veneurs,
Les Comtes, les Marquis, & les jeunes Seigneurs.
Le Roy ſuperbement couuert de broderie
Au milieu de ceux-cy brilloit ſur vne Pie;
Il fait cent caracols, tantoſt il marche au trot,
Tantoſt il va la poſte, & tantoſt le galop.
On découple les chiens, qui deſſus la briere
Se tournent ſur le dos, & ſe donnent carriere:

B

Les Cors frapent les airs, dont l'Echo retentit,
Et le cris des Veneurs fait vn estrange bruit;
Soudain dedans le Bois vn Cerf de dix années
S'éleue de frayeur, quitte ses reposées;
Si-tost vn bruit d'abois, de trompes & de voix
Raisonne dans les champs, & remplit tout le Bois;
Chacun court, chacun pique au milieu des hippées
Dans les chãps, sur les monts, & dedans les valées.
Le Roy, tout des premiers, épris de cette ardeur,
Joint à celuy de Roy le tiltre de Veneur;
Il quitte ses Seigneurs, il perd aussi ses Gardes,
Et les branches du bois luy seruent d'hallebardes,
On lasche des relets, le Cerf semble égaler
Le Tygre en la campagne, & l'Irondelle en l'air.
Déja Phebus battoit à plomb dessus la teste
Qu'on auoit encor peu fatiguer cette beste;
Tant plus que le Veneur la talonnoit de prés,
Tant plus elle auançoit, & laissoit le relets.
Les Seigneurs fatiguez, auoient quitté la chasse,
Se reposans à l'ombre en vne fraische place,
Les Veneurs enroüez, n'en pouuoient presque plus,
Les cheuaux & les chiens en estoient tout recrus.
Le Roy brûlant de soif, & tout las de la course
Cherchoit seul dans le Bois quelque agreable source,
Dont le cristal brillant, & la viue froideur
Pust par des traits charmans attiedir son ardeur,

Lors qu'il vid aſſez prés vne Femme éperduë,
Qui ſembloit en triſteſſe eſtre toute fonduë,
Ses cheueux ſur ſon front nonchalamment épars,
Sans ceſſe diſtilloient des pleurs de toutes parts :
Ses yeux noirs & cavez, & ſon viſage bleſme
Teſmoignoient en ſon cœur vne douleur extreſme :
Ses jupes & ſa robbe eſtoient pleines de trous,
Et l'on voyoit du ſang ſur ſon mouchoir de cous.
Au milieu toutesfois de ce triſte equipage
Quelque choſe de grand brilloit ſur ſon viſage,
Son Sceptre & ſa Couronne eſtoient tous en debris,
Et ſes habits ſembloient ſemez de fleurs de lys.
D'abord à cét objet ce Prince s'épouuante,
Son cœur eſt pantelant, & ſa façon mourante ;
Il croit voir vn phantoſme, & ce jeune vainqueur
Deuant dix eſcadrons n'euſt pas tant eu de peur ;
Il commençoit à fuir, lors qu'en luy faiſant geſte
Cette Femme luy dit d'vn ton triſte & funeſte,
Arreſte grand Heros, arreſte grand LOVIS,
Helas je ſuis ta Mere ! arreſte mon cher Fils,
Vois celle que tu fuis, je ne ſuis ni Megere,
Ni Spectre, ni Furie, helas je ſuis ta Mere !
A ces propos d'amour le Roy s'aſſeure vn peu,
Deſſus ſon paſle front reuient vn nouueau feu,
Tourne ſon Bucephal deuers cette Deeſſe,
S'approchant pour ſçauoir d'où venoit ſa triſteſſe :

Madame, luy dit-il, quel est vostre soucy?
Comment vous nõmez-vous? Que faites vous icy?
Elle luy respondit, Jeune & vaillant Monarque
Ce que je te veux dire est digne de remarque,
Donne quelques momens à ce present discours,
PRINCE il te seruira tout le long de tes jours;
Et lors que tes Sujets seront tous en allarmes,
Et lors que l'Estranger te montrera les armes.
Graces aux immortels, humbles graces aux Cieux
Qui m'auez fait trouuer le Roy dedans ces lieux,
SIRE, depuis trois ans j'ay mis tout mon estude
A te pouuoir parler dedans la solitude:
Ces sots adorateurs, ces flateurs Courtisans
D'un Ministre estranger les lasches Partisans,
Lesquels incessamment suiuent vôtre personne
Moins pour vous mille fois que pour vôtre Courõne,
M'empeschoient de vous dire auecque liberté,
Ce qu'à present je puis en ce Bois écarté.
SIRE je suis la France, & ce beau Diadesme
Tout rompu comme il est appartient à vous mesme:
Je suis l'éclat des Rois, la terreur des humains,
Ce Sceptre tout brisé est l'honneur de vos mains;
De soixante & cinq Rois j'ay fait le beau partage,
Ils ont versé leur sang pour m'oster d'esclauage;
C'est moy qui t'ay nourry, je t'ay donné la Loy,
Et sans ce que je suis tu ne serois pas Roy.

Fran-
ciade
montre
com-
bien
elle a
veu de
Rois.

Apres

Apres tant de faueurs, Prince ie te demande
Que tu écoute icy seulement ma demande,
Que ton bras mette fin à mes fascheux trauaux,
Que tes yeux soient ouuerts à regarder mes maux,
Que j'obtienne la paix, & que mes justes plaintes
Puisse à ton cœur Royal donner quelques atteintes.
SIRE si tu me vois en ce piteux estat,
Ce sont des Partisans, des Ministres d'Estat,
Des Prestres eminens, des Apostres illustres,
Qui m'ont ainsi reduit depuis plus de huict lustres,
Et sans aucune tréve, & sans aucune paix
De leur gouuernement i'ay gemi sous le faix.
Depuis HENRY LE GRAND ce genereux Monarque
Qui malgré les Destins, & qui malgré la Parque
A iamais regnera dans l'esprit des François,
Ce digne objet des cœurs, le plus aimé des Rois,
Je n'ay rien respiré que fiel & qu'amertume;
Dessus mon pauure corps ie n'ay veu qu'apostume;
On m'a succé le sang; on m'a meurtry le corps,
On m'a percé les flancs pour auoir des tresors;
Et la guerre estrangere, & les guerres ciuiles
Ont ruiné mon païs, & saccagé mes villes:
Le Flamand, l'Espagnol, l'Allemand & l'Anglois
Par cẽt combats sanglans m'ont reduit aux abois;
Pour faire vn Richelieu on en appauurit mille,
Et l'on m'a despoüillé pour vestir sa famille.

C

Ie croyois respirer apres ces maux soufferts,
Et qu'en perdant Armand ie perdrois tous mes fers;
Dans ma douleur ressente vne douce esperance
De te voir mon appuy allegeoit ma souffrance;
Durant ton aage aussi ie croyois voir encor
Pour vn regne de fer, vn autre regne d'or,
Que les troupeaux paistroient seurement aux mon-
Que la fertilité cõbleroit vos campagnes; [tagnes,
Que l'inhumain Soldat ne saccageroit plus
Le pauure Laboureur en sa maison reclus;
Qu'on osteroit aussi les Traittans dans les villes,
Lesquels pour s'enrichir ruinent cent familles;
Qu'aux champs on ne verroit cõme loups rauissans
Enleuer les troupeaux aux Huissiers & Sergens:
Enfin par vne paix qui produit l'abondance
Chacun esperoit voir fleurir toute la France, [ment
Que vous dans mes trauaux, & dedans mon tour-
Vous deussiez estre aussi mon seul soulagement:
Mais helas mes douleurs n'ont changé que de face
De plus cruels bourreaux ont encor pris la place,
Vn Estranger pour moy qui n'a point d'amitié
En l'estat où i'estois, m'a traité sans pitié.
Il a rompu la paix, emprisonné vos Princes,
Par cent imposts diuers desolé vos Prouinces,
Mis la guerre en tous lieux, au dedans, au dehors,
Les plaines sont encor couuertes de corps morts;

Et le sang des meurtris par le Destin des armes
Fume encor vers le Ciel, pour en tirer des larmes,
SIRE ie ne puis pas vous raconter icy
Les rauages, les maux, les trahisons aussi,
Les emprisonnemens, les meurtres, les pillages,
Les fourbes, les larcins, & tous les brigandages
Que ce Ministre a faits depuis que l'on l'a veu
Manier de l'Estat le timon absolu :
Les Abbez qu'il a faits ou faux ou legitimes,
Auant que de jouïr ont payé les decimes,
Par tout on alloit voir fourmiller à milliers
S'il eust encor regné cent sortes d'Officiers :
Et dedans la Justice, où vn chacun vous gruge
On eust bien moins trouué de clians que de Iuge.
Mais enfin à mes maux, enfin à mon tourment
Le Ciel auoit pourueu par son éloignement ;
Vn chacun ne pust plus porter son insolence,
Il le fallut bannir du Royaume de France ;
Cette absence me plust, & ta majorité
Ne me faisoit penser rien qu'à ma liberté.
I'allois seicher mes pleurs, enterrer ma tristesse,
I'allois me reuestir d'vn habit d'allegresse.
La prudence, l'esprit, la generosité
Que i'auois veu briller en ta minorité
Auecque tant d'éclat, m'asseuroient dauantage
Que tu m'allois tirer des fers & de seruage :

Ta Declaration, & ton Royal Serment,
Que tu donnes aussi deux fois au Parlement,
M'estoient de ton amour des preuues trop sensibles
Dont les François estoient confus & sousmissibles.
Et dans ce doux penser ie disois à mon cœur
LOVIS enfin sera mon cher Liberateur,
L'âge de fer n'est plus, voila l'âge dorée,
Le beau temps est venu, la tempeste est passée.
Mais, grand Dieu, qu'est-ce-là, SIRE à peine dix
De son éloignement se passent, que ie vois   [mois
Reuenir ce proscrit : Ah Dieux cette pensée
Me dérobe la voix, me rend toute insensée;
Soûpirs, sanglots, douleurs, larmes parlez pour moi,
Excusez ce transport, excusez moy, grand Roy,
Helas ie n'en puis plus ! helas ie suis perduë !
SIRE si vous sçauiez, cette douleur me tuë.
Souffrir cét ennemy, non, SIRE, ie ne puis;
Quoy luy qui m'a reduit en l'estat où ie suis.
Ma playe saigne encor, & ma crise est si forte
Que ie suis en suspens, si ie suis viue ou morte;
Quoy depuis son depart iusques à son retour
On ne peut pas conter encor l'an & iour,
Qu'vne louue plûtost icy soit assouuie
De si peu qui me reste & de sang & de vie,
Que de souffrir ainsi ce Ministre inhumain
Me reduire aux abois les armes à la main.

Il

Il traiſne auecque luy pour ma ruine entiere
Six mille Eſtrangers qui ne luy couſte guere.
C'eſt à ce coup, grand Roy, que ie ſuis au treſpas,
Tu n'as plus de Couronne, & ton Sceptre eſt à bas.
Que ſi tu ne connois ta ieuneſſe trompée
Enfonce dans mon ſein ta genereuſe eſpée, [gueur
Romps le cours de mes maux qui traiſnent en lon-
Il y a trop de temps que ie ſuis en langueur;
J'aime mieux de ta main mettre fin à ma vie
Que par vn Eſtranger elle me ſoit rauie.
Que ſi tu as encor de l'amitié pour moy,
Et qu'en me conſeruant tu te conſerue Roy;
Si tu ne le punis, éloigne ce Miniſtre,
Fulmine contre luy vn mandement ſiniſtre;
Montre toy petit Fils du genereux Henry,
Cherche dedans ta Cour quelque braue Vitry; [core
Vois les maux qu'il a faits, vois ceux qu'il fait en-
La guerre dans mon ſein me ronge & me deuore;
Combien de morts enfin, & combien de combats,
Combien d'embrazemens il cauſe en tes Eſtats.
Vn Lorrain affamé deuore la Guyenne,
De mon corps ſpatieux la plus fertile veine;
La Beauce eſt ruinée, & au lieu de ſes blez
Elle ne porte plus que des hommes armez.
SIRE vos Parlemens, & toutes vos Prouinces,
Voſtre Oncle paternel, & vos Ducs & vos Princes
Au bien de voſtre Eſtat ont plus de paſſion,
Qu'vn Eſtranger n'en a auec ſa faction:

D

Coupe pied à ce mal, regarde l'Angleterre
D'vn tumulte leger, vois quelle estrange guerre.
La rumeur d'vn Estat est semblable à l'amour,
Elle regne toûjours, si elle dure vn iour.
Considerez encor les progrez que l'Espagne
Va faire en ton Estat pendant cette campagne :
GRAVELINE est siegée, & deuant quinze iours
Elle est à l'Espagnol, s'il n'y vient du secours;
Ainsi suiura Dunkerque, Arras, Dourlas, Bethune,
Et tout ce qu'en la Flandre estoit sous ta fortune.
En six mois perdrons nous ce qui couste à la fois
Tant d'argent, tãt de sang, tãt de braues François?
A tous ces maux vn mot de ta bouche feconde,
Et SIRE te voila le plus grand Roy du monde;
Soudain tes ennemis deuiennent tes sujets,
Tu recouure la Flandre, & moy ie suis en paix.
Prens donc pitié de moy, tire moy de misere,
Fais ce que fis vn iour ton inuincible Pere;
Celuy qu'il fit tuer estoit Italien,
Il ruinot l'Estat, il dissipoit son bien,
Il s'estoit emparé de l'esprit de la Reine;
Son orgueil, sa vangeance, & son humeur hautaine
Traittoit indignement tous les Princes du Sang,
Mesprisant leur pouuoir, & mesprisant leur rang.
Ils s'estoient tous liguez, & les guerres ciuiles
Consõmoient, cõme ils font, mes citez & mes villes:
Ie vay treuuer le Roy, ie le pris à l'écart,
Ie luy dis mon aduis, & ie luy dis sans fard

Que s'il ne coupoit l'Ancre au milieu de l'orage,
Le Vaisseau de l'Estat alloit faire naufrage :
Il choisit vn Vitry, dont l'extreme valeur
Termina de ce fat la vie & le bon-heur.
Si-tost apres ce coup on vit poser les armes,
On vid cesser par tout la guerre & les allarmes,
Et les Princes soudain renouuellant leur foy,
Seruirent du depuis fidelement le Roy.
SIRE vous ne pouuez faillir en cette affaire,
Ayant deuant les yeux pour exemple vn tel Pere,
Il en fut adoré, vous en serez benit ;
Tout fut pacifié, & tout sera sans bruit.
Acheue donc, mon Fils, acheue cét ouurage,
Fais enfin succeder le beau temps à l'orage ;
Romps genereusement ce lien importun,
Et perds en ton Estat cét ennemy commun.
Il te detient captif, & ne te laisse mesme,
Que le seul nom de Roy dessous vn Diadesme.
Ce n'est pas le brillant des vestemens Royaux,
Les Palais azurez, le train, ni les cheuaux ;
Non ce grand appareil ne fait pas le Monarque,
Le cœur & la vertu c'est la Royale marque,
Et ton braue Cousin priué de Royauté
Est encor aussi grand qu'il ait iamais esté.
Mais ce n'est pas assez, au mal qui me possede,
Il faut encor donner vn general remede.
Eloigne ces enfans, qui sont sans naturel,
Qui suiuent le Destin d'vn homme criminel,

Ces lasches Estaphiers d'vne pourpre Romaine,
Que l'interest engage, & la faueur entraisne,
De garder ta Couronne ils en font le semblant,
Mais c'est pour en tirer quelque beau diamant :
Ce sont loups rauissans, qui sous la couuerture
De fideles sujets pillent ma nourriture :
Ce sont de faux miroirs, qui te montre à l'enuers
Ton bien & ton Estat, donne leurs vn reuers,
SIRE tu les connois Seruient, de Lionne,
Et quelque harangueur qui sort de la Sorbonne,
Dont l'esprit, la maison, la science & le bien
Ne merita iamais l'Euesché de Beth-leen;
Esuite son discours, sa langue est encherie,
Il n'a rien aboyé que pour vne Abbaye :
S'il a tant declamé, s'il hait les Parlemens,
C'est qu'il se sent coupable, & craint leurs Jugemẽs.
Chasse donc promptement de ta Maison Royale
L'Ennemy de l'Estat, & toute sa cabale.
Cherche des gens de bien, retiens auprés de toy
Monsieur de Chasteau-neuf, Mõsieur de Villeroy:
Conduis tes jeunes ans sous leur expérience,
Tu verras sous leurs loix fleurir toute la France,
Et l'orgueilleuse Espagne, & tous les Païs-bas
Trembleront de frayeur sous l'effort de ton bras.
Adieu donc jeune Roy, adieu Roy debonnaire,
Pense vn peu que je suis ta principale Mere.

FIN.

9 782014 452174